ديوان

ناقوس الحب

د. جُمان الريحاني

إهداء..

إهداء إلى كل من يرى نفسه في حرف أو بيت

أو قصيدة

إهداء إلى من يحبون تناغم الحروف

والمشاعر الصادقة

جمان الريحاني

<u>ظل امرأة</u>

أحببتني كفتاة خفية

ولم تعلم أنني حقيقة مرئية

لقد أحبَبْت وجه نور القمر

وجسما يغطيه فستان من أشعة الشمس

أحبَبْت خصلات الشعر الطويل

أنا غارقة في حبك

غارقة في حب قديم يتجدد مع كل اكتمال للقمر

وأنت تحب العيون العميقة

تغرق فيها وتبحر على شواطئ الرموش الرقيقة الدقيقة

كيف تسبح في مسام الجلد عدد الثواني كل دقيقة

أحبَبْت امرأة خفية

ولكنك تعمقت في الأوردة والشرايين

ملكت نبضات القلب

فأصبح القلب ينبض بمجرد نظرة عين

<u>موعد مع القمر</u>

موعد مع القمر

يضرب لي موعدا محددا

كيف تدري أنني سوف آتي

كيف تواعدني ..

وترسل لي في كل مرة تاريخا جديد

كيف تتأكد من مجيئي ..

وفي نبرتك رائحة التهديد ..

كيف تواعدني ..

وأنت في الحقيقة عني بعيد ..

نغماتك أعرفها ..

وألحان مشاعرك أعزفها ..

ألحان أمزجتك أحفظها ..

ألا تعلم أنني في حياتك ألعب دور البطولة ..

إنها قصتنا غريبة ..

غير مفهومة ..

صعبة .. سهلة .. مسموحة ..ممنوعة ..

سهل ممتنع ..

وأصعب صور البديع والخيال واقعنا ..

كيف تواعدني ..

وأنت تخلف دوما الميعاد ..

تقول أنها غلطة ..

ولكنها دائما تعاد ..

لا أظن ذلك ..

فأنت تعرف جيدا ما تقوم به ..

أعلم يا حبيبي أن فطن ذكي لا تجيد الألاعيب ..

ولكن لا تستهن بذكاء أنثى ..

فلن تجيد معها فنون التعذيب ..

إنها أنثى عظيمة الكبرياء ..

لا تغير مع كل فستان حبيب ..

أصيلة المنبت ..

لذا لن تنفعك أساليبك ..

لن ينفع الترغيب ولا الترهيب ..

أهداني أغنية نفيسة القيمة

أهداني أغنية بصوته الرنان

قبلت الأغنية ..

ورسمت على خده قبلة الامتنان

جعلتني ..

جعلتني رهينة الأغنية أسيرتها ..

أسيرة لآلئ النغمات

أسيرة جواهر الألحان

أسيرة النوتات والمقامات

كيف اجتمعت فيك أسرار كل الرجال

كيف أصبحت أنت الحلال والمحال

كيف تدرّجت من آدم إلى رجل في عصر الحال

كيف أللمت بكل ما هو جواب لسؤال

ما هي صفات الرجال ..

غير الكرم والمال

غير الشهامة وتحمّل الضنى كالجبال

غير العشق وتقدير الجمال

قال لي

لماذا بقصائدك ورسائلك أصبحت تبخل؟

ليست هذه عاداتك،

ولا سابق عهدك الأول

أصبحت لا ترسلين شيئا ..

ولا حتى عني تسألي

أين أنت يا حبيبة

أين أنت يا طيب الفل والعنبر

أين أنت يا رائحة الجنة ولؤلؤ المرمر

يا كنوز اللؤلؤ والدرر

يا جُمينة قلبي وسحر القمر

يا جمال الليلك وضوء البصر

يا قمري، قلبي وقدري

يا من قتلتني بالصمت والبربر

يا حرة العرب،

حرة من كنعان

أو كوردستان او درة من البربر

يا قمة الأنوثة،

يا هدية من يصبر

يا عز التواضع وشموخ التكبر

يا عروسة الفراعنة من عصر الأسر أو العصر
المتأخر

أميرة الرومان أو الإغريق فلتعودي،

لتطلبي وتتأمري

كفف دمعي المنهمر

حبيبك العاشق ..

اشتاق لعيونك وما فيها من لؤلؤ المخمر

إشراقة البسمة ..

وشهد الشفاه صباحا مشمشي وفي المساء متوردي

أرجوك ..

ارجعي ولحالي انظري

ولا تجعليني اغرق في بؤسي ..

وأتغزل فيك بشعر الخمري

فقلت له :

البخل ليس من عاداتي،

فأنا من قوم العرب الأول

ولكن الكرم بالجود يقابل،

والكرم من الأجواد يقبل

لا تتهم حرة عربية ..

وإلا فان عذرك لن يقبل

لن تحظى بالأيادي ..

ولا حتى بشرف القبل

فالحرة لا تتلون، لا تتغير، لا تتحول .. ولا تتبدل

ولكنك رجل ..

رجل ذكي لبيب ولست مجرد مغفل

لا يمكنك أن تجعل الزمان بحلو الكلام يحبل

لا يمكنك أن تجعل السنوات بإرهاق الجفاء والبعد
حبلى

فالسحابة بالمطر الكريم تحبل

أنت رجل مقاتل بالصمت يريد ان يقتل ولا يقتل

ولكن لا تنس بأننا في الدنيا وكما تفعل فيك يفعل

هذا كلام عاقل وبالمنطق الكلام .. والواقع يعقل

اذهب، ارجع .. أو في مسام جلدي تغلغل

اسمع ، تكلم .. أو أحبني وفي حبي تدلل

احتضني .. احتويني .. وبين امواج الشعري أناملك توغل

أنت رجل وأنا حرة الإناث والعرب من دونك لا أذبل

افهم زمانك .. واعرف مرادك .. لا تكن شخصا متضلل

<u>**فنجان الشاي**</u>

أمسك فنجان الشاي بيديه الدافئتين

ثم فجأة ..

مسح بيده الكبيرة الحنون على رأسه ..

أحب يديه حين يتوتر ..

أو حين يسبح في الحيرة ويفكر ..

يضع يديه فوق بعضهما باسطا إبهام إحداهما إلى الأعلى

أحبك حالات وأمزجة مزاجات

أحب أن أعيش الحيرة فيك

والغموض فيك

أحب أن أدرسك وأقرأك

أريد أن أجري بحثا في أعماك

متاهات مشاعرك تغريني فأقبل عليها كطفلة شقية

بين كر وفر أجول قصور صوتك الممطر الكريم

أتناول القلم كلما تناول فنجان الشاي بيديه

يغريني ..

لا أقاومه ..

ولا اعرف ان كانت نية الإغراء لديه

بسمة العيون تفسر الحب في عينيه

شفاه تحتسي الشاي ..

وقلبي يسمع شفاه تعزف الناي ..

صوت الناي يرميني في دوامة عشقه

شفاه تذوبني ..

تدوخني ..

ولا أقوى على ضمه

أرى المسافة بيننا كبيرة ..

انه خوف ..

المسافة هي عدوة خطيرة

الطاولة التي بيننا كأنها بحيرة عميقة ..

وأنا اغرق فيها بكل طريقة ..

أريد طمر بحيرة الطاولة المستديرة

أريد طي المسافات والسنتيمترات التي بيننا

أريد الوصول إلى شاطئ يديه ..

والاستقرار على سطح صدره

أرى الأحلام الزهرية على كتفه ..

أراني أنا وهو معا بلا عازل ولا عذول

أرى الورود في حديقة حبنا تنمو وتتحدى الذبول

حب يثير الذهول ..

مقبول وغير معقول

فالحب مدفأة توقد المشاعر ..

الحب نار تحرق بالشوق والفراق

الحب سماء واسعة الامتداد تعدل التنفس وتبث الأمل

الحب ارض تستوطنها القلوب الحائرة

الحب زهرة أوراقها سنوات العمر

الحب أنت وأنا معا

لا تزد حطب كلماتك العسلية على نار الوله المتقدة

لقد قطعت كل أشجار العالم لتجعلني ملتهبة مشتعلة

فلترحم مزيج أنثى طرية ..

كفاكهة نضجت بك ..شهية

أنثى رقيقة .. مرنة ..

سهلة الكسر ..

مليئة لك بمشاعر شرقية ..

تجتاحها حرية غربية ..

وحروب أهلية ..

ومناورات غرام عالمية ..

ضعفي أمامك يجعلني قوية ..

وقوتك أمامي تجعلني أمتلئ غرورا بحبك

نحرت القلب لك ..

وسكبت الوريد في كأس أيام الزمان ..

وسقيتها لرجال الأيام ونساء يبكين الانتظار ..

أقف بوهن ..

بين من تبكي الماضي ومن تعيش الحاضر

ومن تتأمل في المستقبل ..

وأنا الوحيدة التي لها أنت الماضي والحاضر
والمستقبل ..

فهل ترحم ؟ وعلى امرأة مشتتة كأشلاء سوف تقبل ..

انتظر منك رسالة أو جواب ..

ولكنك مشغول بالقرار والجواب

اكتب لك بدماء العيون ..

اصف حالة الساعات والثواني ..

حين تكون غير موجود ..

اسطر الاشتياق بأناملي على الجلد والأوراق ..

الرمش مبتل وحزين ..

ملاءة السرير باردة كصحراء قاحلة ..

الثلج في القلب يريد للجليد أن يتكدس ..

ولكن جمرة حبك في وسط القلب تذيب كل جليد ..

جليد البعد والزمن ..

جليد الألم والحزن

رسمتك على جدار الذكريات ..

خمر لسانك

مالي من لسانك اسكر ..

كأنك تسقيني خمرا أحمر

كلما تعطيني أمرا ..

أنفذه وكأنني أخمر

مالي لأحاديثك أدمن ..

وبشفاهك أنا أفتن

صبرا على جروحي والندوب ..

ألا تخاف ربا وكثرة الذنوب

أصبحت العيون كبركان بالدماء ينفجر وتدمع

أهذه قسوة بشر أو رجل لشعار الهجر يرفع

لو كنت في عصر الملوك لما كنت امة لحبك تسأل

بل حرة ملكة بعشقها ووجد للملوك والأمراء لها تقتل

اتركني عنك ..

سوف انتفض منك ..

وبنهر العفة اغسل

فلتبكي يا عيوني رجلا لم يلتفت إليك بكلمة ولم ينظر

رجل نذر قلبه لحنجرته ..

هذا ظلم وذنب لا يغفر

آنت يمامة فقدت جناحيها ..

تساقطت ريشة بعد ريشة في انتظار مليك عشق كل الحمام

وهو صقر جارح ..

ثاقب البصر ..

يستمتع بنار الدم الفوّار في كل زمان ومقام

عاشق جوال ..

سائح مقيم ..

يحمل سلاحه تحت وقار لحيته كأنه شيخ جليل همام

عاشق يطيل الموال ليزيد من ضحاياه ..

فلا يرحم ..

ولا حتى صلة الأرحام

ينهل من عسل الألحان ويجود بالقليل ..

يضيء كمصابيح أو برق أو قنديل

ونهلت من بحر حبه لأروي الضما

وارى أوردته والشرايين ومكاني والملجأ والمرفأ

فهدأت أمواجه التي لم تكن لأنثى تهدأ

لكن لم اعلم انه كتاب مبهم اللغة لا يقرأ

ولكن عاشقا حقيقي الحب في حروفه لا يخطئ

طرقت باب القلب لأختبئ فيه وبالنبض أحيا

فتح الباب ..

ولكن في الزحام لا يمكنني أن ابقي

تستقبل القلب ..

أم انك تريد قتله

أفسح المجال ..

لي وحدي لأحبه

رب رجل لا يكتفي إلا بواحدة ..

امرأة واحدة ..

امرأة ..

أنثى بألف ملكة وملاك ومليكة ومملوكة وأمة وأسيرة

وحرة وأميرة وشيخه وبنت قبيلة وعربية وبربرية

وأجنبية وصينية وهندية وعصرية وامرأة من العصر
الحجري وملكة ملكات الحضارة فرعونية ...

لا تسلبني روحي وملبسي ..

فأنت جوهري ومظهري ..

أنت اللب والغطاء ..

أنت الغزل والرثاء

القلب والحب والأمل والرجاء

بين الصفا والمروى

أدعو واطلب المولى

من نفيسة إلى زينب ..

أرجاك يا صاحب الصوت الأعذب

من الكوفة إلى المغرب ..

أسعى لرؤية قمر روحي الذي يطرب

<u>من أنا ؟</u>

من أنا ؟

أنا طفلة نشأت على حبك ..

فقد سقيتني الحب بإفراط

أنا أنثى اكتملت عندما أدركتك ..

بعد بحث من الصين إلى الرباط

أنا امرأة بين حناياها وجدتك ..

لا يسلم من الحب كل نبيه محتاط

أنا سيدة على الجلد وشم نقشتك ..

وعلى العروق بنقشة خطاط

أنا حرة في الحلم والعلم والواقع رأتك ..

ولك قطعت بحورا وأشواط

قطعت الوعود وبذلت النذور من اجل أن تكون للوصل خياط

لا تقطع الوصل ..

لا تكن قاسيا بإفراط

لا تروح ..

لا تجي ..

لا تكن في الكلام نطاط مطاط

أرجو من الزمن لا يجعل القلب خباط

الخافق بالوجد صار صياحا عياط

أنا ارتوي من كلامك الخالي من الأغلاط

عودتني بكرم كلامك ..

شكلتني وخليتني امشي على قويم الصراط

حويتني داخل عيونك ..

ضميتني بين الضلوع ومنعتني من الاختلاط

تقول الشعر بيوتا كأنها أرماح وأسواط

ألا تخاف على شعري وشعوري من حروفك التي

ترمي الحرائر تحت قدميك في البلاط

ترضي غرورك بحب العذارى وأنت ترفض الارتباط

أنا رضعت عسل عشق شيخ الشيوخ منذ أن كنت في

القماط

أنت لي ..

حقي ونصيبي من الدنيا ..

أنت الفرح والانبساط

لن تستطع حرماني من قلبك ولو كنت بالتخطيط

محتاطا، بالفطنة حواط

قلبك عهدت به لي قبل أن تخلق للحروف نقاط

أدعو ربي يحميك ..

وان يجعل لنجمك على نجمي إسقاط

أرجو أن تتوب لرب العباد وترجع لقلبك في أعمق
الأوساط

انتظر انك تعود ..

وتتترك عنك عادة اختيار الصبايا بيدك وملقاط

أرجوك .. البنات ما هم (لسن) فاكهة في خلاط

لا تغضب من حروفي تراها تعبر عن العشق وما فيه
من أنماط

ما هو كلام غيرة أو شخص بنار الغيرة مشتاط

هذا كلام قلبي اللي يريدك مرابط على حبه

والوريد بيني وبينك رباط

أرجوك لا تفزع من كلامي ..

هذا شعر مو فلسفة سقراط

هذا حب .. سر قلبي قبل يخلق وبعده ..

ما يعرف سر كنزه إلا حناط

قلبي لك والجسد ..

الجسد اللي رسمته بمسك شعرك في اغباط

جسد كأنه ميت بين يديك تعطره بعنبر عرق جبينك

بمقياس وقراط

<h1 style="text-align:center"><u>من أنا بدونك ؟</u></h1>

بدونك أنا خيال شفاف لا يملك شكلا ولا نوع

بدونك أنا صوت حزين مخنوق بين الضلوع

بدونك أنا نظرة عين تدمع على المضجع المفجوع

أنا همسة تدور في المخدع المخدوع

كلمة حب منطوقة بحرف مجروح مقطوع

أنا جسد مذبوح بخنجرك الذي لا يزال في الربوع غير منزوع

أنا وجع بألم صارخ غير مسموع

أنا ليل بارد رغم دفء الشموع

أنا قمر بلا نور ..

نورك كان في العيون مزروع

أنا شجر ممتد الأغصان بلا جذوع

أنا شمس لا تقوى حرها بدونك يا صوت الشعر
المرفوع

أنا مملكة شعبها من الدمع مصنوع

أنا بحر شعر ..

أنا الرثاء يلعلع فوق الجموع

أنا عين العسل من غير سكر يطلع من الينبوع

من بدونك نسيت طعم العسل يا عسل من ذاقه لا يجوع

حتى الخيانة بدونك ما اقدر احويها بين الضلوع

أرجوك للهجر تترك ..وللحب ترجع يا الجذوع

أبيك ترجع بالنفس والهوا ونسكر الموضوع

خيانتك كانت هجر وجفا ..

ما هي من خيانة الرجال ذاك النوع

قلبي يحبك ..

وما يريد غيرك ملموس مسموع

أرجوك لا توجع قلبي وتجبرني على البعد اللي ممنوع

أحلفك بالله والرسول واليسوع

بكل الأديان ودين الحب اللي ما يرضى من الحب
قطوع

لا تعذب محب بعذر مصنوع

ترى من يحبك لا يصدق منك خضوع وخشوع

أنت حر لا يليق بك خنوع

يا شيخ العرب ..

يا قمر كل يوم يزيد السطوع

اهجر الهجر ..

واطلب العاشق لك ..

وضمه واجعله بك مجموع

احبك ..

وليش ما تحب أنت حلو تولع بك دلوع

اخلع فواصل الواقع لا تخلي من يريد بالحب فخ
للوقوع

ادري بالعذال ..

والحاسد يفرقنا بعمره المدفوع

وين ديارك يا شيخ الحب يا تاج راسي المرفوع

عيونك ولحيتك .. شماخك وقطرتك ..

والثوب على جسد يرميني في الهوى مفجوع

طول فارع ..

والجذع بالشموخ طالع ..

ما هو بخادم طابع أو عبد مبيوع

وين الحب عنك ..

والحبيب يهاجيك يناجيك طول الليل ويمشي كل
الربوع

تسمع صوت الصدى ..

على مجرى النهر في نزول وطلوع

يذكرك في كل مكان ..

على طول المدى ذهابا ورجوع

ليش تغير حالك ..

وين راحت أول الطبوع

احبك .. وأدري أن صوتي عندك مسموع ..

الحب عزة وفخر وشموخ فلا تخشى الوقوع ..

الحب رفعة ومكانة ولمعة وسطوع ..

الحب قلب وقلب

ومنديل يمسح الدموع

وحق مشروع

الحب هدوء وراحة

وله وولع

وارتماء وارتواء

وليس شخص مفزوع

<u>أرجو اللقاء</u>

عيونه مكحلة والرمش طويل

شاب وهو شيخ الشيوخ حر أصيل

يعشق السهر كأنه صقر من بعيد يميز الضحية بحدة
الميل

قلبي ضحية من نظرة عينه القوية يصير ثميل هزيل

شيخ يعشق الصدق ما يحب التمثيل

صادق في كلامه ..والشعر منه يجعل الليل أكثر طويل

كلامه رسائل مشفرة لا تقبل التعديل

واضح صريح غامض كلامه لا يحب التحليل

شامخ ابن الاجواد كأنه غابة نخيل

إذا أحب يوفي ولا يخون ولا في قاموسه التبديل

عاشق كريم إلا في الهجر هو رجل بخيل

لا يهمه صح القول أو كاذب الأقاويل

ما يحب يسمع كثرة الكلام والتضليل

بنظراته يجعل القلب قتيل

لذا يضع النظارة كثيرا وليس بقليل

لبيب يحب الإشارة والكلمة الدليل

يعشق السفر والصقر والخيل

محب في الحب رزين ثقيل

ينثر الحب مثل الورود في كل أمسياته ويتلقى الشكر
الجزيل

أمسياته الشعرية تروي حتى عابر السبيل

أسالك بالله تجعل لقلبي لقاء بك بكل التساهيل

فأنت حر تعرف حر الحب من التمثيل

وأنا امرأة فنانة أجيد بيدي التشكيل

أنا شاعرة بشعري اصنع للحب تماثيل

لا تستهن بوحي صاحبة الشعر الطويل

فالعيون بنهر الشعر تنضخ والشعر ظل ظليل

والعود رفيع عنبري نحيل

لا تخف ..

لا تتردد ..

وليكن قرارك باللقاء بالتعجيل

لا تستشر غير نبضك ..

فكل حاسد يريد التعطيل

هيا تشجع ولا تكتفي بالتراتيل والإنجيل

فوحي المنزل علي شعر يستحق منك ترتيل

القرار بيدك أنت لبيب وتجيد التحصيل

واللقاء طرح وجمع وحاصل تحصيل

طرح لكل مشورة خاطئة وتضليل

وجمع لقلبين في خلوة دون أي دخيل

وحاصل تحصيل للشجاعة والأقدام والظروف
والتسهيل ..

فواكه النساء

كيف تشتهي صحن الفواكه كله

لماذا لا تختار من الثمار احد صنفه

ألا تميز بين مختلف لونه وطعمه

تتمختر في بستان الحياة ..

وتقطف من أشجار العمر فتيات

قميصك الأزرق

عندما تلبس قميصك الأزرق

قلبي من فيض حبك يتدفق

كأنه خلجان صافية الرونق

فعندما تقصد خزانتك أرجوك خذ القميص الأزرق

فقلبي فيه عليك يتقطع ويتمزق

<u>أنت ..</u>

أنت قصوري وحصوني .. دهاليز وممرات سرية

أنت النور وماء عيوني .. عروق وشعيرات عصبية

أنت البسمة وشفاهي .. وانهار ريقك العسلية

أنت الشك وظنوني .. خيالات وخيانات شرقية

أنت الشط ومروجي .. أعماق وأسرار روحية

أنت الجلد وعروقي .. جواهر ومظاهر بشرية

أنت الزمن وسنيني .. طفولة وأيام شبابية

أنت الماضي وأيامي .. الحاضر وأحلامي المستقبلية

أنت رجل ونصيبي .. وأمل في الحياة الزوجية

أنت القلب ونبضي .. الموت والحياة الأبدية

أنت العقل وأفكاري .. بعد وظروف قهرية

أنت الشوق وأحضاني .. الوجد ولحظات رومانسية

أنت رجل وعاداتي .. تقاليد امرأة منسية

أنت الوله ودموعي .. مناديل فتاة عربية

أنت المضي وذهابي .. تذاكر رحلة بحرية

أنت العودة ورجوعي .. ميناء ومطارات دولية

أنت الأمس ووعودي .. عشق وليالي سحرية

أنت اليوم وشموعي .. انتظار طوال السهرية

أنت المشط ومرآتي .. جدائل ورسائل جدلية

أنت الأسر وحريتي .. أصفاد وأجنحة الحرية

أنت السجان وآسري .. قفص وجدران ذهبية

أنت الخمر ومسممي .. جرعات وأواني فضية

أنت السرير ومخدتي .. أفرشة وأغطية حريرية

أنت السر وعلانيتي .. إشهار وعلاقة حقيقية

أنت الرجاء وأمنيتي .. فستان وطرحة ثلجية

أنت العهد وأضحيتي .. دماء حمراء وردية

أنت الحبر وريشتي .. قصائد وشخوص روائية

أنت القلم وورقتي .. وحي وجلسات أدبية

أنت الرفوف ومكتبي .. نافذة وسحب مطرية

أنت الرواق وغرفتي .. خلوة و رقية شرعية

أنت التسريحة ومستحضراتي .. تاج وحبات لؤلئية

أنت الصالة ومطبخي .. للروح حبك أغذية صحية

أنت النفس وهوائي .. فطرة وأحاسيس طبيعية

أنت الفصاحة وحروفي ..

معلقات جاهلية وإلياذات إغريقية

أنت الريق ولساني .. حروف ترسم أحلاما وردية

أنت الكفن وموتي .. الروح في جنات ربانية

أنت القبر وشاهدي .. آثار ونقوش حجرية

أنت أنا وامتداداتي ..

شعوب وأجناس و اختلافات عرقية

رموز حضارية وحضارات بشرية ..

من طين إلى نطفة خلية

<u>**امسك الفنجان بيده**</u>

امسك الفنجان بيده

لعب بأصابعه بالفنجان ..

امسك فنجان حبات القهوة الأخضر

مال بالرأس لليسار ..

ورفع حاجبه الأيسر

خفت أن تكون هذه حيلته للفظ القرار

أو أن يطعن قلبي بيده بخنجر

أمسك الفنجان وكأنه عرافة الأسرار ..

تلعب بالشعور وتبلغ الطارق بالأخطر

أمسك الفنجان وإحساسي كأنه من التجار ..

قوافل الحكي لا تنقطع ولا يوجد ما يبهر

امسك الفنجان وبرمشه يظن انه ينقش الأقدار ..

يتأرجح بين حلو الكلام وعجيب النظر

يبذل جهدا في حياكة القصص والابتكار ..

منذ متى وقارئة الفنجان ذكر فمن منكم يذكر

يغريه معصمي وصوت الإكسسوار ..

فيلجأ للفنجان وصياغة نغم العبر

انظر في مرآة عيوني لتعرف أن عينيك أصدرت الإنذار ..

فلم يعد هناك أمامي خطر

ألعابك مكشوفة وكشفت الأوكار ..

اصعد من صمتك إلى سطع الوضوح وفسر القدر

أنا لست خاضعة ولا أؤمن بالانكسار ..

أنا ضوء الشمس ونور القمر

لا أريد الفنجان، لا الودع ولا الاستحضار ..

يكفيني رجل ليس بقط بل نمر

أين شجاعة الرجال حين الاختبار ..

صرّح بحبك ولا تدعه يختمر

الحب للبشر والنساء ليسن أبقار ..

فكف عن مراوغاتك وعدّل طريقة للبصر

الحب يعيش في الأعماق يحتاج إصرارا وإبحار ..

وليس مجرد شاطئ وجسد ينصهر

الحب بركان وعواصف وإعصار ..

ترميك بين أحضاني لتعيش النصر

الحب عمق وروح وإقرار ..

الحب سبيل من كان يحتضر

الحب جحيم وجنة وعبير الأزهار ..

جسد وشعر وخصر

الحب اختيار واختبار وتكسير للأسوار ..

الحب هدية من صبر و به في الأخير ظفر

الحب كما يريده الرجال في كل الأقطار ..

وكما تريده النساء في كل عصر

الحب اختلاف والتقاء باستمرار ..

وانسجام والتئام للجروح يخفف الضرر

الحب أنا وأنت باختصار..

الحب قلب وقلب ولقاء ونقطة إلى السطر

<u>**أبوذيات ..**</u>

اعلم أنت تابى الرجوع ..

اذهب في حال سبيلك ..

اذهب بلا رجوع..

اذهب ولا تكن ..

كرضيع لم ينقطع على حليب أمه ليسد الجوع

اذهب فالوصل بيننا بسد مقطوع وهذا قرار بلا رجوع

بالعربي أحبك أحبك بكل اللهجات

بالجزائري:

نبغيك، نموت عليك، وما نقدرش نعيش بلا بيك..

بالمصري:

بحبك أوي، حياتي ما لهاش طعم من غيرك..

بالخليجي :

أحبك، با نبض قلبي وخفوقي،

بالتونسي

نحبك برشا،

يا حبيبا خضعت له الكلمات

يا صائغا نقشت يده النغمات

الابوذيات

قامت صلت وترها..

وشدت لآلة العود وترها..

حاولت تداري توترها

ما في حد في الحب مستريح

من بعدك كلش قلبي تعبت

من بعدك كل من يزيد النار حطب

لغيرك ما فردنا قط شعرنا

ولغيرك ابد ما قد بإحساس شعرنا

ولغيرك ما كتبنا ابد شعرنا

أنت الحبيب والعشق فيك أكيد

العشق نجم ينسعى إليه

الحب كان فخ وصار قدرنا

البعد بالجوف حار عليه ما قدرنا

ليش تغير الأقدار وتصعب قدرنا

نقدر إذا ماجا الفرج إحنا نروح إليه

الأصل معروف والنسب ومنبع عرقنا

الجهد مطلوب ما نأكل إلا من عرقنا

والحب بحر الأصول في إحنا غرقنا

طيب محترق من الخوف وأنت ما خفت عليا

طيب الأصل يوم عرفنا احترمنا

للحب من جيب العمر صرفنا واحترقنا

وللقسوة اليوم أسياد صرنا واحترفنا

وأنت يا قلب لليوم ما حنيت عليا

تراني مو بنية عراقية

بس آبي أكتب أبوذية

شقد حبيت وشقد بكيت ولكم جيت وحكيت وفضيت
مشاعري الجوفية

منو داري بي اطرح أسئلتي وأنت تجاوبني في
الدارمي

تعلمت الشعر في مدرسة عراقية

<u>عشق القمر والشمس</u>

عشق القمر الشمس بالنظر

عشقت الشمس القمر بالنفس

قالوا عن حب القمر خارج عن القدر

وقالوا عن حب الشمس لبس وهوس

القمر يذوب لقد بهت شفّ ورقّ

والشمس تموت بنار الجوى حرقة وحرق

طالبوا بقتل الشمس وإعدام القمر

احتموا جميعا بالأمس وهذا قرارهم قد صدر

الشمس مذنبة بعشق القمر لا مفر

والقمر أحب الشمس التي ذهل بضوئها الذي غمر

الشمس شمتت فيها كل الكواكب

والقمر احرق بحبه أشرعة المراكب

القمر كامل وليس كويكب منكب على نفسه

وهب الشمس قلبه ونوره فغابت بخنجر الغدر وسيفه

الشمس لاحت بنجوم خصلات شعرها على القمر

وسطحه

غطت بشعرها كل القمر وزادت من نوره

فاعدم بنور الحب الذي منها سرق ..

لا قبله ..

واضائه

اعدم القمر ولم يعد يظهر في سماء مظلمة بدونه

قتلت الشمس بقلب دفئه لكل البشر ..

لم يسلم من طعنه

اعدم القمر وقتلت الشمس التي ارتمت في حضنه

توحد الليل والنهار بالظلمة وارتاح من حط في ضميره

ومن شك في ظنه

حزنت السماء ..

غاب المطر ..

والسحاب اقسم على عدم صفحه

جفت الأرض ..

مالي أرى النجوم تتساقط وكأنها مطرودة من جنة عينيك

مالي أرى النجوم تتناثر من سماء عينيك كأنها مطرودة

مالي أرى الأسماك تغرق في وكأنها لم تعد تتنفس في عروقك

مالي أرى النجوم مبعثرة في حضنك الشرقي

مالي أرى الغيوم من معصورة وكأنها تغيم في جوفك

أريد أن اجلس بجانبك كنجمة بالقمر تحتمي

أريد أن انهل من نورك ومن حبك استقي

أريد أن أصبو إليك إلى حضنك وقلبك ارتقي

ويقولون تموت في حب علي

ما يدرون حبه كحل في العيون جلي

فدوه أحبه ، عمري ..

وبعد هلي

حبه في الحشى روحي ونبضي الوفي

ولفي

نهر حبه عذب صافي ونقي

بيتي قلبه والشوارع والطرق والأرصفة

يا علي يا علي يا علي

عالي غالي وبعد حالي يا علي

ويقولون تموت في حب علي

وشلون ما أموت في حبه يا كل طوايفي وهلي

ذهب والماس ولد ناس قلب صفي

عفية

كلما غادرت مكتبي وأوراقي إلى الشارع

كطفل يتيم فقير خطفت من فمه لقمة وهو جائع

<u>رائحتك ..</u>

لماذا أصبحت أشم رائحة جلدك المعطر في أرجاء

غرفتي

غرفتي التي ما لمحتها بعين أو دخلتها يوما

لماذا عبيرك يملأ أرجاء حجرتي

خيالي وحقيقتي ..

رؤيتي ووحيي ..

لولاك لما اكتمل وجودي ..

في حبري ومحبرتي

<u>جزيرة الورد : (دمياط قديماً)</u>

جزيرة الورد لا تصدي   ...   أ دمياط بالودّ جودي

بحبي حققي وردي ... فاني لا اقوي على الصدودي

جزيرة الورد متى موعدي ...

لا تخافي بالهرب لن تلوذي

عاشقك مفتوح الوريد ... لا تغادر القلب هيا عودي

صادق الحب والوعيد ... ماكف يعالج بالوصل ردودي

أين المفر؟ هيا ححدي ... عالج القلب وإلئمي جروحي

النيل كسيف بين النهود ...

والبحر حبك يتفرع من جدودي

عنبر أنت ومسك العود ...

أصلي منبع الروح وجذوري

مسلم نصراني ويهودي ...

تجمعين الناس فتحت كل حدود

جمالك مسبحة ورد الخد ... يقتل وعندي شهودي

تلوعين المحب بالجزر والمد ...

يا حبات لؤلؤ في عنقودي

ضحاياك في تعداد ممتد ...

وعشقك يملأ الأحداق ويضمن خلودي

تصطادين الأفئدة بلا حد ... ثم تقبلين رفودي

استقبليني وارحمي الجلد والخلد ...

واقتلي بالغيظ حقودي

أرجوك لا تحكمي على حبي بالوئد ...

فليكن الوصل جزاء جهودي

خذي المقود من يد الزمن وقودي ...

وعن مستقيم الطريق لا تحودي

عدي بالعبارة يا زادي ووقودي ...

يا جمال الريف والوادي

اقبلي صوتي ولحني وحرفي المقد ...

حبك في ركودي ورعودي

اقبليني أحبيني وضميني على القد ...

اغمريني بهالتك وذودي

اشكر الله وأكثر الحمد ...

إذ اعترفت لك وكسّرت قيودي

قبل اعترافي كنت مجرد عبد ...

ويوم وجدتك صرت أنت معبودي

أنت الحرب والسيف والحد ... رسولي قائدي وجنودي

أنت الأمس اليوم والغد ...

الماضي الحاضر ومستقبلي الموعودي

أنت عشق رجل بالوقد ... أنت حب أمي ومولودي

العمد... فليقهر، لم اعد اهتم بالعدو اللدود

جزيرة الورد جودي بالود ولا تحدي

جزيرة الورد فلتجمعينا كما النيل والأبيض في اللسان

بفعل وقول لسان

ولتخرسي كل إنسان بلاذع لسان

فلتحققي مرادي وتغيظي الكحال والنسيان

أ دمياط إني أنادي

أ دمياط هل سمعت ندائي

فلتحققي رجائي ..

اروي شوقي وحنيني احضنيني واحميني

ضمدي جروحي وأحيطيني

يا عسل شفاء

انه أمر إنساني ..

ولن أقول للعشق إن ينساني ..

في حبك الزمن رماني ..

ولو اصحي ارتمي ثاني

لأتركن وجوه الخيل ساهمة

والحرب اقوام من ساق على اقدام

لأتركن نجوم القمر ساهرة

ومجيء النهار محتم وحاكم

فكما الشمس للظلمة قاهرة

انتظرك وحق الرسول أبا القاسم

لا تغرنك النجوم فهي أجرام عائمة

وليست كوكبا بذاته قائم

اتركها فهي مجرد عاشقة

وأنا الحب كله خلق في عالمي

أنا كوكب دري أنا مباركة

<u>أيعلم البشر قيمة خلقه</u>

ليل يسافر وليل يجيء بعده

حتى علمت قيمة من اعشق

نبض يدق ونبض يلهث وراءه

ومن أحب لا يعلم أن القلب له يخفق

حبيب يموت وعاشق ينحر وريده

ومن يدعي الصبر غافل أحمق

فراق بإرادة فكان بقصيده يهجيه

ويستغرب أن الله لمثله يخلق

الحب فتيل يحترق في قنديله

والشوق لهيب يكوي ويحرق

الخالق قد نوّع في خلقه

فخلق وصوّر البشر وفرّق

خلق الإنسان ضعيفا فتجبر

واستكبر ونسي انه خلق من علق

سبحان من فرق بين الناس

فمنهم من طار فوق السحب ورزق

الأرزاق بيد الله لا بيد البشر

ومنهم من دخل البحار وغرق

والغرق في الأحزان والبؤس والفقر

ومنهم من في الجنون و السجون علق

مذنب وبريء وعادلة دنيوية تائهة

ومنهم من أسرف من مال بلا عرق

إنسان أعمته الملذات فاعدم الذات

ومن لعرقه شرب ولعق، منه قد سرق

ومنهم من طول قميصه أو قصه ...

ومن للحية والرأس حلق

منافق قال رياء كذبا وصدقه

ومن إحساسه صدقه فصدق

تبع النساء وأوقعهن في حبه

اسر قلوبا وكسرها وأرواحا أزهق

ضاع في دنيا وضعف فباع ضميره

نام قريرا وفي مرضه ارق

<u>وزن وقافلة</u>

وزنك وقافلتي

وزنك يا أصيل الأحصنة ذهب دموعي

وقافلتي نوق وقنوع بأنك محبوبي

بحرك وبحري

بحرك خفيف وحبك ضعيف

بحري طويل وصبري طويل

<h1 style="text-align:center"><u>ليلى الطويل</u></h1>

ألا ساهرا ليلي الطويل

أيا عاشقا شعري الطويل

أيا مدمنا شعري المجين

أيا مادحا لي في كل حين

أيا كاظما غيظي وغيظك

أنا مش بنية عراقية

ولا عندي تمييزات عرقية

بس ف الابوذية أصير عراقية

عشان تدرون وش بيا

هل تعلم علم اليقين

انك في كل أسوار المدينة

جمينة قلبي

ألا بالحب أدفقي و جودي

ففي العشق أنت كل وجودي

احبك بكل جوارحي يا جودي

لو تدركين مابي من هوا تهرعين لذراعي

متى سوف تحني عليا

خبر حلو عليا ورد

حبك ليا صارلي ورد

يا عطر روحي والورد

شلون تغادرني يا ماي عنيا

بحر فيه خدم وبحر فيه أسياد

<u>**حبك قصيدة تنتظر**</u>

حبك قصيدة غير كاملة

حبك قصيدة قيد الانتظار

حروفها مبعثرة وكلماتها تائهة

قصيدة تناجي على ضوء القمر الأزرق

قصيدة ..

جزيرة لا تبلغ إلا بزورق

حبك كوخ دافئ ..

ومشاعري حطب الموقد

ساعة اللقاء رقاصها يتمهل الرقص على الموعد

حبك غيمة تفكر ولا تتعجل أن تمطر

غيمة إذا أحبت الأرض لها تعطر

حبك قصيدة غزل في عزلة

غزلتها جنيات المدينة

ولم يطلق سراحها حتى التقينا

فعفي عنك رغم انك تسكن كل حرف وبيت

أنت في القافية والتفعيلة

فرح بك الصدر واستقبلك وفيه أسكنك

فعجز العجز عن طردك ومن الوصل مكنك

رغم انك شطرت القلب شطرين إلا انك برجوعك
لممته

فقد ضربت العجز بعروض الصدر فأخضعته

ومن سجنه أطلقت سراح القلب وضميته

بعد إن كنت بالجروح فتحته ..

ولكن الجرح التأم لما أسكنته

ضميتني إليك وضممتني كأنك الشعر بيت دافئ

أسكنتني وبالأفعال طمأنتني فكنت الشاطئ والمرافئ

يا نبيل الرجال أصيل الخيل

أخذتني لحم حي

أحببتك سبع مرات أحببتك بآهات وأنات وأمل ودمعات

أحببت قبل أن أولد ..

يوم ..

الروح نفخت

ويوم ولدت ..ويوم إلتقيتك ..

ويوم قلت احبك ..

ويوم ارتبطنا ..

ويوم غادرت الحياة

أحببتك ولست نادمة على حبي ولو أحببت قبلي

أحببتك وأهديتك قلبي

أحببتك بسبع ألوان بأنغام وألحان وأفراح وأحزان

بوردي المشاعر وبراءة الطفولة

وأخضر الآمال لتحقق الأحلام

وأزرق حين ترتديه فانك لي تقتل وتحيي

وأبيض قلبك وقلبي وفستان الزفاف

وأحمر دمائي التي أنت فيها ..

أنت تسري

واصفر الغيرة وخريف الفراق ..

خيانة أو موت محتم

وأسود شعري الذي ابيض يوم موتك وموتي

وأنت أضفت كل ألوان السماء

والماء والهواء

والأرض والجنة تحت خيمة حبنا

أحببتك بألوان الضوء السبعة

فأنت ضوء عيوني والبصر

ضوء الشمس والهمس

ضوء القمر طول العمر

ضوء القنديل ..

نار الفتيل

ضوء الشمعة ماء الدمعة

ضوء الكهرباء ..

وهج الكبرياء

أحببتك في سبعة أيام

الأحد:

كنت وحيدة فطرقت نافذة غرفتي كالمطر المتطفل

الاثنين:

أرسلت لي رسالة بخط يدك تعبر عن إعجابك

فأصبحنا في الإعجاب اثنين

الثلاثاء:

طلبت موعدا وكانت أغنية بصوتك ثالثنا عبرت عن

الحب والوجد، فانسجمنا ثلاثتنا

الأربعاء:

تربعت في ساحة قلبي وصرت ملكا يوم قلت احبك،

أحبك يا نجمتي ذات الأشعة السبعة ، أحبك يا نبوءة

حاتور وفتياتها السبعة

احبك أربع مرات، أحبك مع الفجر، احبك مع الظهر
أحبك مع المغرب و أحبك منتصف الليل.

الخميس:

ألبستني خاتما فملكتني إلى الأبد

الجمعة:

فيها اجتمعنا وكانت عيدا لنا كعيد المسلمين

السبت:

سبت حبنا وارتاح وصار لنا سقف باب وستار

قصر حبنا الذي بنيناه بأغصان وأشجار في شيار

احبك لأنك شهم وقدرت مشاعري ..

وبالحب أفرشت الأرض وغطيتني

وبالأمطار كسحاب حنون أرويتني ..

فسمائي أنت امتني وأحييتني

فكنت أنا القصيد وبيته كما قلت يا منيتي وأفهمتني ..

وأنت بيت القصيد حتى أفنى كما سكتنك آنستني وسكنتني ..

فكنت لك بيتا وجوهر وكنت لي تاجا وكوثر

احبك يا مصبات النيل السبع، يا أسرار الخليقة والتكوين

تحميك اسودي السبعة، يا نجمة الزهرة بأشعتها السبعة

أنت سبع تمرات تقيني من سحر الحياة وسم الفراق

أنت سبع سنابل

سنبلة الحب العشق والفتون والجنون والمجون

سنبلة الزواج والحلال

سنبلة الأولاد والبنون وقرة العيون

سنبلة المال والقناعة وزينته في الحياة بعمل وطاعة

سنبلة الطهر والعبادة للبركة والسعادة

سنبلة الرضا وقوة الإرادة

سنبلة للقبر والروح والكفن وحسن الخاتمة

زرعت بذرة حبنا في قلبينا وحكت عباءة عشنا بيدينا

وكتبت روايتنا فسردتها عليك من جديد على نار اللقاء
التي ألهبتها بالثناء والعبر

جلت القصور و الحدائق المعلقة ، جربت كل الأمور
وطرقت الأبواب المغلقة

الحصون والسجون صعدت الأبراج وأقمت القباب

زرت المساجد والكنائس والمعابد

أحببتك سبع عصور ..

أحببتك بسبع فضائل وسبع وصايا ..

أحببتك بخطيئة الحب والتوبة

احبك في خمر الماء ..

وسكر السماء ..

وعربدة الرياء ..

وطهر الهواء ..

خجل الضياء..

وعذرية الفضاء ..

مر الدواء وعسل الشفاء

الفضائل والطهارة

أنت تسكن الروح العظام والدم

أنت في الجسد من الرأس إلى أخمص القدم

تسكن في الأنفاس تخرج وتدخل الفم

أنت قبر الدنيا وموت الألم

أنت الخير الفرح والغموم والهم

أنت قضاء ما منك قلبي سلم

أنت فنون وعلوم ودين علم

تسكن الأحلام والآمال والكابوس الذي هدم

حبك قصيدة شجن ..

قصيدة حزن

السكر ينتحر في الشاي وقلبي على قلبي يحزن

وريدي لسكر حبك أدمن

افتح ضلوعي وأبصر الفؤاد وأمعن

لا ترتجف إن جسدي من يرتجف

وأنت تتلذذ بعذابي وترتشف

إلا.. تترك الجروح حتى تخف

كلامك جميل ولكن الدموع لا تجف

قصيدة حبك مبجلة ، فلا تستخف

قصيدة حبك هجاء ورثاء ومزن

أرعدت سماء القصيدة

أنزلت مزونا على الحديقة

فقتلت أزهاري الرقيقة

الرعد يعيش في أحبالك الصوتية

بقوته وصوته وصمته وهدوئه وغضبه

والبرق يدق شرارا من عينيك حين تغضب

ويلمع في عينيك حين ترغب

أنت قتلت روح الورد بلحيتك المرسومة

سرقت عبير الروح بوقفتك الممشوقة

تتباهى ببدلتك وتتفاخر بطينك

جميل غرورك .. غرورك جميل

أحببتك في شعر مي زيادة

أحببتك كحبها وزيادة

وناديتك بين الجمع وا زيادا

وكمي تركني ولم تدر عليا

<u>لو أحبك أكثر</u>

لو احبك أكثر لاحترقت الغابات

وانفجرت الساعات

وهاجت البحار والمحيطات

لو احبك أكثر

لحادت عن طريقها الراهبات

ولتابت الآثمات الراغبات

ولأخذت البراءة العاهرات المدانات

لخرجت من السجون النساء

ومن البيوت لخرجت النساء

ولم يبق على وجه الأرض نساء

لو احبك أكثر

لغرق الرجال في البحار

وعكف الرجال في المنازل

وخابت ظنون الرجال في كل النساء

لو احبك أكثر

لسطع القمر حتى انفجر

وزادت حرارة الشمس حتى احترقت

وأمطرت السحب حتى ذابت

وامتدت الأغصان حتى غابت

لو احبك أكثر

لانتثرت الجبال وانطبقت السماء على الأرض

لاجتمعت السماوات لتفسر الأمر

ولم يجد الزمن تفسيرا ولا الدهر حل

لو احبك أكثر لاختفيت فيك وامتزجت بك

لو احبك أكثر سوف اغرق فيك أكثر حتى أتبخر

طيف المطر

صيف ربيع خريف وشتاء

خوف صقيع سحب وماء

وحي الفراق وألم الافتراق

ونار الاحتراق

سماء رمادية وسحب سوداء

وألوان الطيف فيما بعد لا تطيل البقاء

رجال قتلة

رجل يقتل امرأة خفية عشقها في قصيدة

رجل قتل بالهجر

رجل قتل بالخيانة

رجل قاتل وسلاحه الزواج

رجل يقتل بانعدام الإحساس

رجل يقتل ببستان النساء

رجل يقتل بلسانه الكاذب

<u>رجل مبعثر</u>

رجل مبعثر يحب تنظيمي ..

يحب رؤيتي احمل أغراضه وارتب ..

يحب استنشاقي لريحته وعطره..

رجل مبعثر مجنون بي وبانعكاسه في عيني

رجل يحب حالة ذوباني فيه ..

انصهاري في عشقه ..

وناري في حبه ..

ولعي في شوقه ..

لهفتي في نفسه ..

انسجامي في عالمه ..

تناسقي في حضنه ..

اتحادي في روحه

رجل يحب غرقي في عينيه ..

رجل يعشق شعري يسافر على شفتيه ..

رجل يضمني ويقربني إليه ..

رجل أموت بين يديه

أحبه وهو يعشق تفاصيلي ..

رجل يحب عجزي في احتياجه ..

يحب ضعفي في قوته ..

يحب صمتي في كلامه

يحب بلاغتي في معانيه ..

يحب جمالي في اندماجه..

رجل أحب عفة غروره وشموخ تواضعه ..

رجل يعشقني حق العشق ..

رجل أحبه لأبعد حدود العشق ..

رجل يغمرني ..

يحضرني ..

بالوصل يأمرني

<u>اعترافات رجل</u>

رجل يعترف

أدبتني علمتني الأدب

لا يمكن لرجل أن يعترف أمام النساء

ولكن يمكن للرجل أن يعترف بالدمع والبكاء

يعترف للنار والسهر

يعترف بالخيانة والخدر

يعترف بالضعف وقصر النظر

يعترف بالهزيمة اذا هزم

ويعترف بالفوز اذا سره هدم

شعر غاضب

عذرا ..

عذرا لأنني صفعتك بشعري ..

حينما كنت مغادرة

شعر بغضبه هاجمك ولم يردني غاضبة

كموج كسر الغرور على خدك في لحظة حازمة

عذرا لأنه قد فاجأك بمشاعر عارمة

فأنت تعرف انه شرود جموح ناعم عندما أكون ناعمة

هادئ مسالم غاضب عندما أكون غاضبة

عذرا لأنك به صفعت ولكنني لم أكن قاصدة

عذرا ..

عذرا لتصرف شعري معك وعذرا لأنني لست نادمة

حبيبا بالأمس كان لك ..

واليوم بصفعة أدبك

ولكن ما نفع الأدب لخائن لا يليق به إلا خائنة

ابحث عن جثة بين المستنقعات عائمة

فشرف شعري لا يليق بك ولا عطوره الدائمة

خصلاته حرمتك وجدائله اليوم نائمة

خسارتك لحب دقات قلبه كانت لك متناغمة

فما نفع الندم ولا حزن لك على أفعالك الآثمة

اذهب واسترح بين ربوع الخيانة الملائمة

عذرا ..

عذرا لأني صفعتك بشعري

فبعد أن كنت أعبدك بشعري

اليوم أرثيك بنثري وقصيدي

وأهجيك في جهري

فقد تفننت في هجري

ولن يكون مكانك جواري

سوف اعزم الرحيل بين ليلي ونهاري

لو قررت أن تكون أنت جاري

طعنتك واضحة ولن استطيع لها أن أداري

فقد دخلت وطعنتني في عقر داري

فأنت ممثل ولملامحك الحقيقية تعرف كيف تداري

تغني الحان الحب وكأنك عصفور طائر كناري

وتذبح ضحيتك كحيوان مترصد أناني

ضربتك بشعري وما خف قهري

قهرت قلبي وكسرت ظهري

اعتمت حياتي وأظلمت ظهري

حولت منتصف الليل بين الفجر وعصري

فكان غدرك عبرة لبنات عصري

هيا .. كف عن إجباري وقصري

اذهب وعنك دعني .. دعني لكسري

لا مكان لك اليوم في قصري

وهذا قرار بك وحدك حصري

اذهب فذهابك اليوم هو نصري

علي وشهرزاد

شهر نقص وشهر زاد

ليل ذهب وليل عاد

بحر هاج وبحر

قمر راح وقمر جاء

بدر اكتمل

وشهر نقص

وشهر زاد

وعلي يجلس بجانب شهر زاد

وحكاياتها له روح وزاد

فكان الأسعد بين العباد

قوافل الحكايات من ايجيبتوس إلى بغداد

ظبي وأسد

احبك يا بعد عمري والروح والكبد

أموت فيك ظبي وأموت فيك في شكل الأسد

أموت فيك ظبي وأسد

أموت ف مزحك والجد

حبي لك فاق كل حد

ما سبق لها الحب أن جربوا حد

حبك نعمة من الواحد الأحد

زينة أيامي من الاثنين إلى الأحد

أشمك في ريحة المطر

أشمك في ريحة الحبر

أشمك في ريحتي وريحة العطر

يا قهوة الصبح وشاي العصر

يا زينة دنيتي وحب من كل عصر

يا أمير روحي وصاحب الأمر

يا الماء الغرير

<u>قصيدة أخرى</u>

غترة على راسك أنا

احبك تشوفني دايم نجم ف السما

احبك ما تشوف غيري بين النسا

حقيقة وثقة هذي مو غرور الأنا

لو تشيلني على راسك تعيش ف هنا

لأنو في الأول والأخير ما لك إلا أنا

ما يجوز تدمع عيون المها

لا تكون معي إلا شهم وفا

ظبية وسط البراري والربى

تشوفك ظبي وأنت أمير البدى

أنت أسد يجيرني من كل العدى

سيد المقل والجفن والعين

سيد القلب والكبد صاحب العقل والزين

احبك من زمن ادم وحوا لهذا العصر ولبعد حين

الحب ما هو كلام جميل وثوب بهي ولا عطر وزين

الحب قلب وروح وإحساس بحبل متين

الحب صدق ويقين

ادخل عباتك ويقولون وش ذا الحب المتين

وأقول الحب ما ينتظر كل جيم وسين

أرد عليك بقصيدة مليانة حنين

لأن شعرك باقيله صدى وف أذني لسه له رنين

الرجا منك يا صاحب الثوب الأسمر

الرجا منك أبي العدل يحضر

الرجا منك

لا تشير علي وسط الجمع الغفير

لأني ادري كلامهم رح يكون مثل السحاب عيا مطير

وأنا من يومي مثل ماء الغدير

ومن الزهر أخذت العبير

وحياتك وخالقك ما ابي من غيرك شعر ولا قصيد

كلمة هلا منك تكفي للعمر المديد

أو مرحبا منك كأنها أحلى لحن

اللحن في صوتك يقضى على كل المحن

لا اقدر على حروب العشق

رجل منفي في أوراقي

هل نفتك الحياة

تعال واستقر في مخيلتي وعلى أوراقي

عجبا كيف خلق لك الله الأنثى لتحميها فتجبرت عليها

يا مر الدواء يا ضرورة للشفاء

<u>**حروف مهاجرة**</u>

حل الشتاء هذا العام مبكرا

حلت السحب كضيف يأبى الرحيل

دفنت الأوراق تحت غبار العواصف وبرود العواطف

غادرت الأزهار هذه الأرض

وكذلك أنت ..

غريبة هي الفصول ..

كأنها نساء على ذمة الزمن ..

لا يكاد فصل أن يسمح لأخر بأن يأخذ مكانه في قلب
الزمن

والزمن يستمتع برؤية الفصول تغير فساتينها ..

<u>حب صامت</u>

الحب من دون الكلمات

ليس حبا مخنوق

بل هو حب صامت

الحب الصامت هو ما تعجز عن وصفه الكلمات

انه حب يعش في الداخل ويظهر في العيون

حب عميق وقوي

حب يرسم البسمة الخجولة على الشفاه

حب ينثر الورود على الخدود

حب يجعل الدماء في العروق ناصعة الحمرة وردية

حب يجعل الشرايين تفوح بعبق الورد وياسمين
الصباح الباكر

<h1 style="text-align:center"><u>ذات ليلة ذات شتاء</u></h1>

أكتبك قصيدة في ليلة شتوية

اه كم احبك في الشتاء

كم تلازمني كل شتاء

تراودني في الأمسيات

تزين الاماسي كقمر في عالي السماء

ولكنك أيضا تحضر معك الألم

فكلما تأتي في الفكر يصاحبك الألم

فوجودك وأنت غير موجود مؤلم

إحساس الوحدة.. بدونك.. لا يحضر إلا الألم

فرغم برودة الشتاء إلا أن البرد الحقيقي هو في غيابك

برد في السماء ..برد في الأرض

برد في البيت والغرف والرواق

برد في الشارع برد في الخارج وبرد في الداخل

برد في القلم والأوراق

برد ترتعش منه الأشجار

وتنزل لكي ترطبه الأمطار

برد حتى في كوب الشاي فأصبح الشاي مثلج

برد، برد أصاب الحبر فتجمد

وتجمدت الدماء في العروق

برد في السرير والأغطية واللحافات

برد في الشراشف والمخدات

برد يلعب بالستائر ويجمد زجاج النوافذ

ولكن حضورك يكسر البرد

يفجر البراكين كغضب عارم

ويفجر ينابيع الأنهار الجنية

العمامة السوداء

عمامة سوداء ورأس الشموخ مرتفع

والعقاب في عالي السماء يرفرف بجناحيه السوداوين

يمسح عرق كل كادح ويبث الحرية في جناحي كل عبد

يعيد الكرامة لكل امة

ببرد ورشة وحمى تحمل كل هموم هذه الأمة

يحمل هموم كل الناس ويستكين في حجرة سيدة قريش

سيدة من الأشراف مكانتها محفوظة

ومكانتها في قلبه معروفة

ابحث عن تلك العمامة السوداء بين ثنايا الماضي

علني أجدها فتؤنس وحدتي

برائحتها العطرة التي لا يمكن أن تكون قد فرطت بها

بشكلها كما كانت عليه بالأمس

بلونها وان خف فلن يختفي

عمامة لها حكاية وقصة

عمامة لها رواية شرف

من يستطيع ان يحقق حلمه

بان يضم بين يديه تلك العمامة المشرفة

من يحضا بان يستنشق رائحتها ويشمها

أريد قربك

تشتاق الشمس لغروبها خجلا منك لترتمي في أحضانك

وجودك يبدل اصفر غيرة الشمس لبرتقالي

توماس اندرسون

الرجل الوسيم النبيل

هل يستطيع الإنسان أن يقع في حب ميت .. نعم ميت

ولكن الحب ليس حب الجسد

بل حب الروح

توماس اندرسون رجل وسيم

رجل صاحب روح نقية .. رجل نبيل

كل من تكلم عنه مدحه

رسمت قبلا على ستائر اللقاء

ذرفت دموعا لى شراشف الفراق

Sommaire